P9-EET-869

Sleeping Beauty

Bilingual
Fairy Tales
ENGLISH | SPANISH

La Bella Durmiente

retold by Carol Ottolenghi
illustrated by Joshua Janes

Rourke
Educational Media

Library of Congress PCN Data
Sleeping Beauty / La Bella Durmiente
ISBN 978-1-64156-995-8 (hard cover) (alk. paper)
ISBN 978-1-64369-012-4 (soft cover)
ISBN 978-1-64369-159-6 (e-Book)
Library of Congress Control Number: 2018955747
Printed in the United States of America

2

Long, oh so very long ago, the Princess Briar Rose was born.

Hace mucho, pero mucho mucho tiempo, nació la princesa Briar Rose.

The king and queen held a party to celebrate the princess' birth. They invited 12 of the kingdom's 13 fairies. The fairies gave the baby princess gifts—beauty, courage, kindness, intelligence, grace, and a sense of humor. But just as the last fairy was about to give her gift to the princess, there was a flash of lightning and a roar of thunder!

El rey y la reina dieron una fiesta para celebrar el nacimiento de la princesa. Invitaron a 12 de las 13 hadas del reino. Las hadas dieron dones a la pequeña princesa: belleza, valentía, bondad, inteligencia, gracia y sentido del humor. Pero justo cuando la última hada iba a darle su don, ¡hubo un relámpago y un ruidoso trueno!

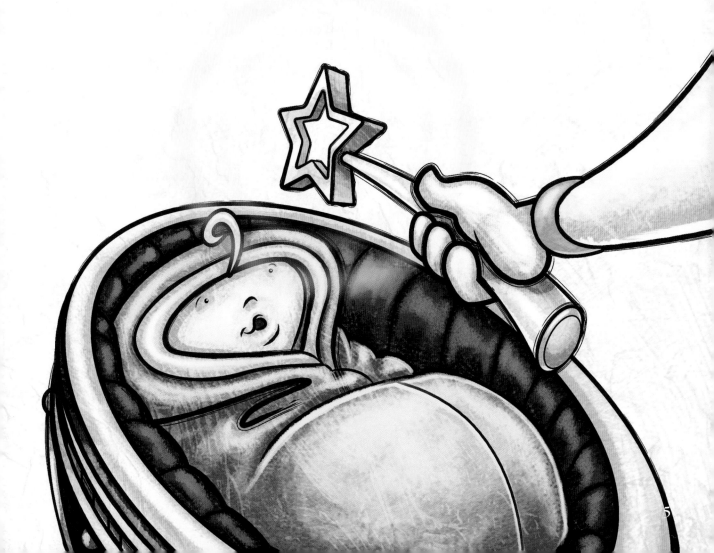

"Why wasn't I invited?" yelled the thirteenth fairy of the kingdom.

"We…we didn't have enough gold plates for all of you," said the king. "I'm sorry."

"You WILL be sorry!" said the thirteenth fairy.

—¿Por qué no me invitaron? —gritó la decimotercera hada del reino.

—Nosotros… no teníamos suficientes platos de oro para todas ustedes —dijo el rey—. Lo siento.

—¡Claro que lo SENTIRÁS! —dijo la decimotercera hada—. Deberían haberme invitado a mí también.

6

"I still have a gift for the baby princess," said the thirteenth fairy, "even though you didn't invite me." She glared at the king and queen. "When Briar Rose is 15 years old, she will prick her finger on a spindle and fall down dead!"

Yo también tengo un don para la pequeña princesa —dijo la decimotercera hada—, aunque no me hayan invitado. Y mirando con furia al rey y a la reina dijo así—: Cuando la princesa cumpla 15 años, ¡se pinchará el dedo con un huso y caerá muerta!

8

"Not so fast," interrupted the fairy who had not yet given her gift to the princess. "I can't stop Briar Rose from pricking her finger, but she won't die. She'll just fall into a deep sleep for 100 years."

—No tan rápido —interrumpió el hada que aún no había dado su don a la princesa—. No puedo evitar que la princesa se pinche el dedo, pero ella no morirá. Solo caerá dormida en un profundo sueño que durará 100 años.

11

"Not if we can help it," said the queen. "I am issuing a royal decree. All of the spindles in the kingdom must be burned so that the princess will never prick her finger."

—Eso no sucederá si podemos evitarlo —dijo la reina—. Dictaré un decreto real. Deberán quemarse todos los husos del reino para que la princesa nunca se pinche el dedo.

Years passed, and Briar Rose grew into
a young woman. She had all of the gifts that
the fairies bestowed upon her. She was graceful
and funny, smart and kind.

Los años pasaron y la princesa se convirtió en una
joven mujer. Tenía todos los dones que las hadas le
habían otorgado. Era graciosa y divertida, inteligente
y bondadosa.

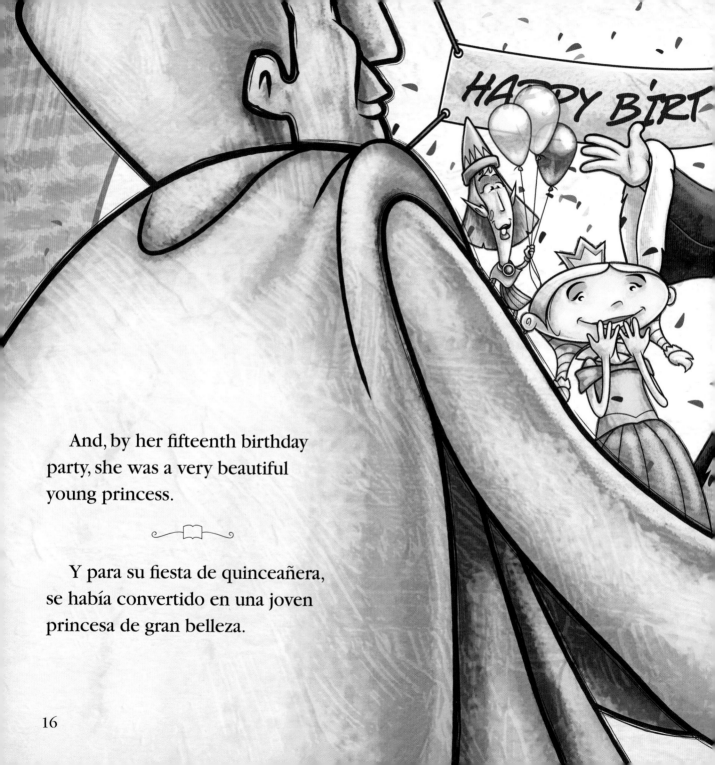

And, by her fifteenth birthday party, she was a very beautiful young princess.

Y para su fiesta de quinceañera, se había convertido en una joven princesa de gran belleza.

16

Briar Rose danced and sang and played games with her friends. When the party was over, she was far too excited to sleep, so she climbed up to her favorite tower room in the castle.

La princesa bailó y cantó y jugó con sus amigos. Cuando la fiesta terminó estaba demasiado entusiasmada para irse a dormir, entonces subió a su habitación favorita de la torre del castillo.

But the room wasn't empty!

"What's that?" Briar Rose asked the thirteenth fairy.

"A spinning wheel and spindle for your birthday."

Briar Rose reached to take it. She pricked her finger and soon fell into a deep, deep sleep.

¡Pero la habitación no estaba vacía!

—¿Qué es eso? —preguntó la princesa a la decimotercera hada.

—Es una rueca y un huso para tu cumpleaños.

La princesa se acercó para tomarlo. Se pinchó el dedo y pronto cayó dormida en un sueño muy pero muy profundo.

21

Then, something very strange happened. Everyone in the castle—the king, the queen, the guards, and even the cats and dogs—fell fast asleep! Strong, prickly thorns grew up around the castle.

Entonces, algo muy extraño ocurrió. Todos en el castillo, el rey, la reina, los guardias, e incluso los perros y los gatos, ¡se quedaron dormidos! Un rosal fuerte y cargado de espinas empezó a crecer alrededor del castillo.

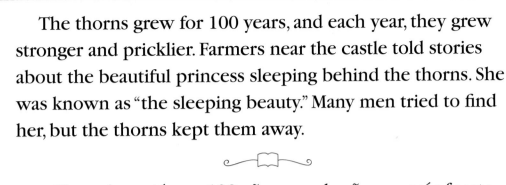

The thorns grew for 100 years, and each year, they grew stronger and pricklier. Farmers near the castle told stories about the beautiful princess sleeping behind the thorns. She was known as "the sleeping beauty." Many men tried to find her, but the thorns kept them away.

El rosal creció por 100 años, y cada año, era más fuerte y tenía más espinas. Los granjeros de los alrededores del castillo contaban historias acerca de la bella princesa que dormía tras las espinas. La llamaban "la bella durmiente". Muchos hombres intentaron rescatarla, pero las espinas los mantenían alejados.

One day—on the very day that the 100-year-old spell was to end—a prince rode toward the castle.

"No one ever gets through the thorns," a man told him.

"I still want to try," said the prince.

Un día, el mismo día en que el hechizo de los 100 años debía terminar, un príncipe cabalgó hacia el castillo.

—Nadie ha podido nunca atravesar las espinas —le dijo un granjero.

—Aún así quiero intentarlo —contestó el príncipe.

The prince hacked and hacked at the thorns. The sun rose over the castle, and suddenly, the spell ended. The 100 years were over. The thorns turned into soft flower petals.

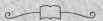

El príncipe cortó y cortó las espinas. El sol brilló sobre el castillo, y de pronto, el hechizo terminó. Los 100 años habían pasado y las espinas se convirtieron en delicados pétalos de rosas.

The prince scrambled through the flowers. He ran into one room. Then, he ran into another. Finally, he found the princess.

"Ooooohh," he sighed. "I hope she is as kind and smart as she is beautiful."

El príncipe se trepó por el rosal. Corrió hacia una habitación, y luego hacia otra. Finalmente encontró a la princesa.

—Ah —suspiró—. Es tan bella. Espero que sea igual de bondadosa e inteligente.

The prince kissed Briar Rose gently. She woke up and took his hand. Then, they went to the top of her favorite tower and watched everyone else in the castle wake up.

El príncipe besó a la princesa con gentileza. Ella despertó y le tomó la mano. Entonces, subieron a lo alto de su torre favorita y vieron cómo despertaban las demás personas del castillo.